SÉ LEER

El viaje IMPOSIBLE

Rubèn Montañá
Ilustrado por Laia Pàmpols

ANAYA

—¿Algún voluntario para sacar a Trasto de paseo? —dijo mamá.

—¡Qué rollo! —exclamaron Carolina y David.

Mamá insistió mucho.
Trasto también.
Así que David y Carolina
tuvieron que obedecer.

Pero bueno, solo serían
cinco minutos...

Trasto tenía alma de explorador.
Quería descubrir nuevos árboles,
nuevos parques, nuevos países
y continentes. Sin pensarlo dos veces
se liberó de la correa.

Y así empezó

el viaje imposible.

Primero encontraron
una moneda en el suelo.

Justo delante había
una tienda de chucherías.
¡Guau!
¡Qué suerte!

—Buenas tardes —ladró Trasto.
—Queremos un chicle
—dijo David.
—Estáis de suerte. Solo me queda uno —respondió la vendedora—. Aunque es un chicle...

... con sabor a coliflor!
¡Puaj!

Pero un chicle es un chicle,
y lo compraron igualmente.
Lo partieron en tres
y mascaron un buen rato.

—¡Mira el envoltorio!
—dijo Carolina.

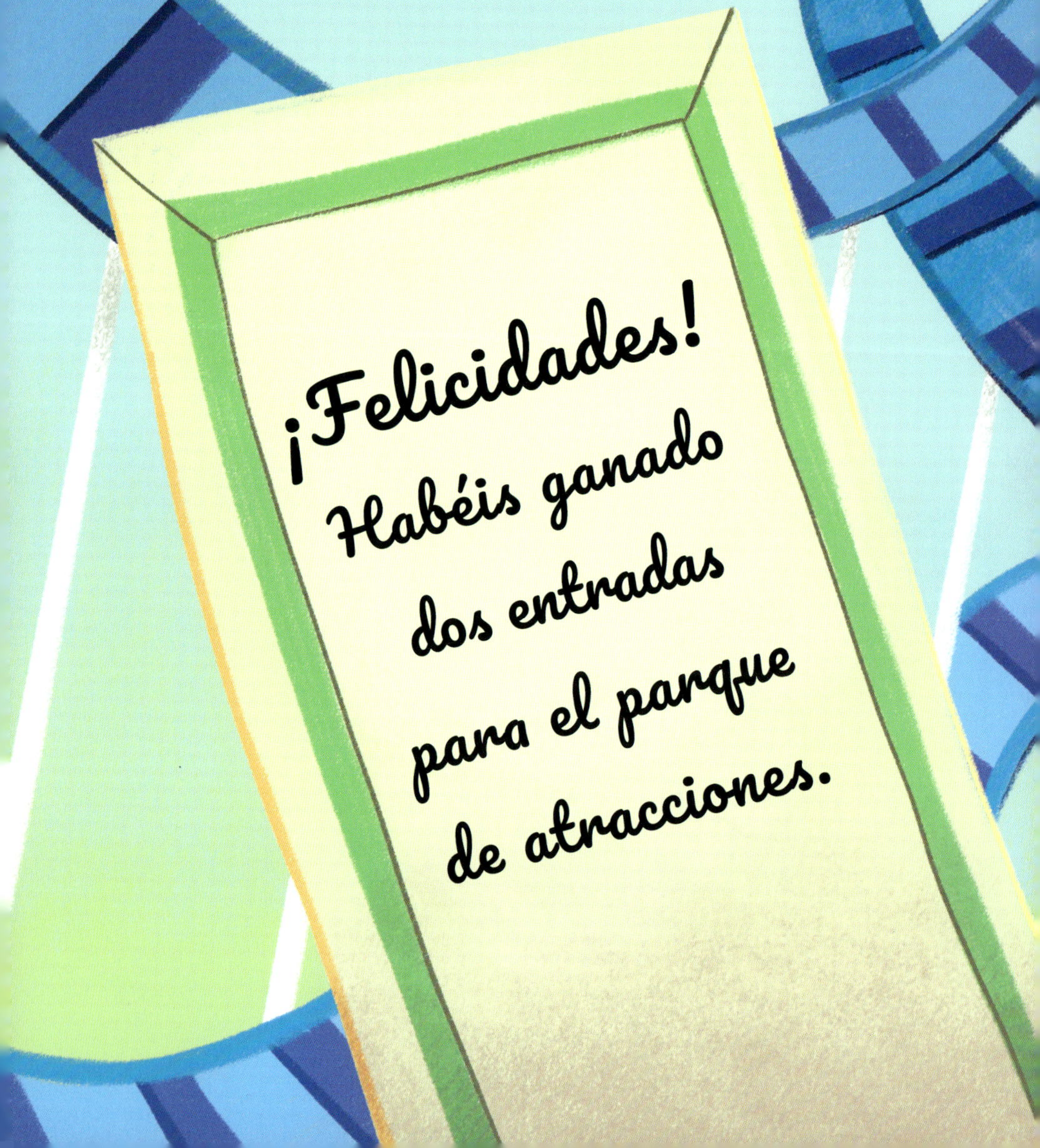

A esa hora, el parque estaba
casi vacío. Se montaron
en la montaña rusa quince veces.

—Chico, ¿puedes aguantarme esto?
—dijo un señor que vendía globos.
David se los sujetó mientras el señor
se ataba el cordón del zapato.

Pero…

... ¡no pesaba lo suficiente
y los globos le hicieron alzar
el vuelo!

Carolina agarró
a su hermano, pero…

... ¡los dos juntos tampoco
pesaban lo suficiente!

Trasto agarró a Carolina,
pero tampoco sirvió de nada.
Así que los tres echaron a volar.

El viento los arrastró hacia la costa.
Una bandada de golondrinas hizo
estallar todos los globos

menos
uno.

Entonces David, Carolina y Trasto
sí que pesaron lo suficiente.
¡Lo suficiente para caer al mar!

Pero por casualidad...

... aterrizaron dentro
de la piscina de un crucero.

El capitán les explicó
que el barco acababa de zarpar,
así que no podía dar la vuelta.

MAMÁ, TARDAREMOS DOS SEMANAS EN VOLVER.
NO HAGÁIS ENFADAR AL CAPITÁN. Y LAVAOS LOS DIENTES.

Pararon en una isla tropical.

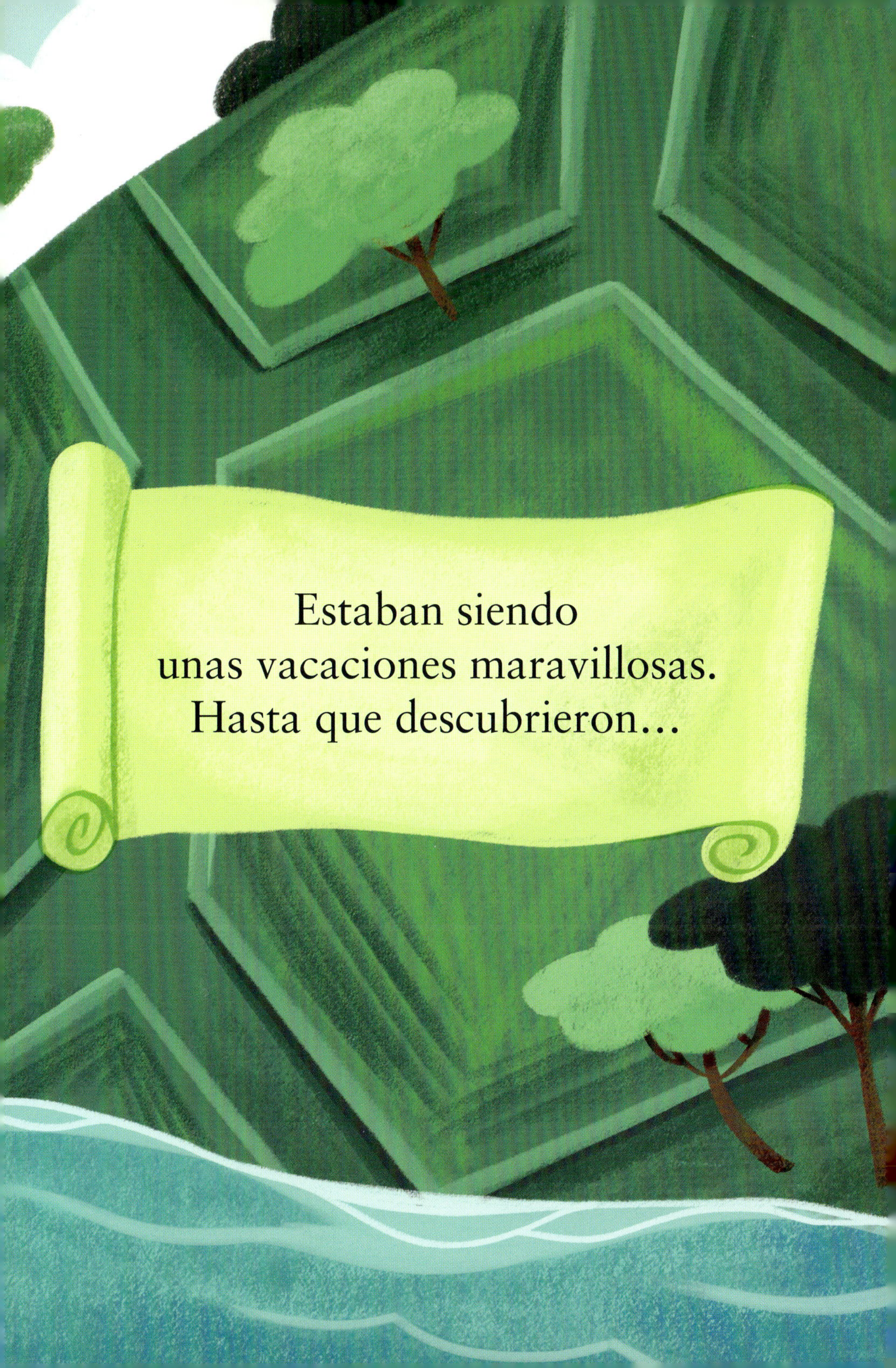
Estaban siendo
unas vacaciones maravillosas.
Hasta que descubrieron…

… ¡que en realidad la isla
era una tortuga gigante
que estaba echándose la siesta!

Por suerte resultó ser una tortuga
la mar de simpática, y se ofreció
a acercarlos a la costa más cercana.

Aunque lamentablemente…

… la costa más cercana estaba
en una selva llena de tigres,

serpientes

y unos mosquitos de
dos palmos que podían
transmitirte la enfermedad
de Buriburá.

¡AY!
ME ACABA
DE PICAR
UN MOSQUITO.
¡Y A MÍ!

Por fortuna, la enfermedad de Buriburá solo provocaba unas manchitas de color verde muy favorecedoras y un estornudo de campeonato cada medio año.

Pero casualmente…

... ¡el primer estornudo
se les escapó justo en ese momento!
Y David, Carolina y Trasto
salieron volando hasta los picos
del Himalaya.

Escribieron un mensaje
en la nieve por si pasaba
un avión y podía rescatarlos.

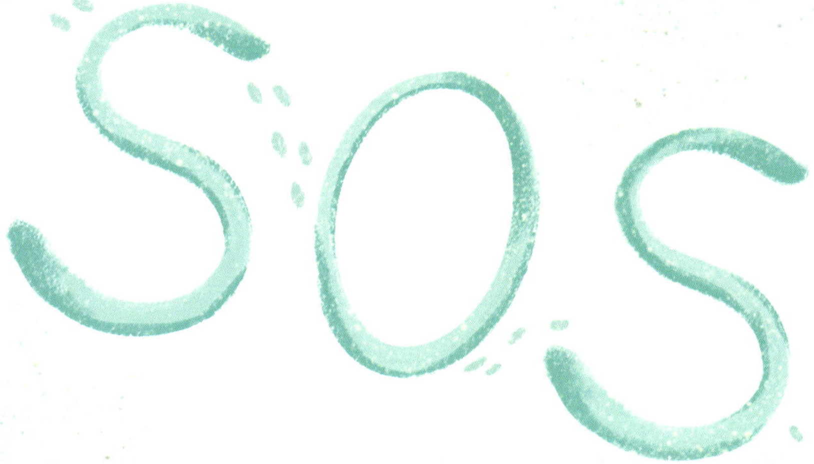

Pero en lugar de un avión…

... pasó un platillo volador pilotado
por extraterrestres de tres ojos.

Los extraterrestres se ofrecieron
a enseñarles un par de galaxias
antes de dejarlos en casa.

Pero el que pilotaba la nave
se equivocó, ¡y aterrizaron
en un planeta lleno de volcanes
en erupción y dinosaurios
gigantes con malas pulgas!

Por suerte, los extraterrestres
tenían un invento:

la Cápsula
Dondequieras,

que te podía llevar
a cualquier lugar
que puedas imaginar.

David, Carolina y Trasto dieron las gracias a los extraterrestres y se metieron en la cápsula.

Pero antes de volver a casa, visitaron:

el Mundo de las
Piruletas Infinitas,

la Dimensión de los
Dragones de Colorines,

el Océano de Tinta
de Donde Salen
las Historias

y el Bosque Encantado
lleno de Brujas
en Prácticas.

Pero una
vez allí...

... ¡la Cápsula Dondequieras
se quedó sin batería!
—¿Y ahora qué hacemos?
—se lamentó David—. En el bosque
no hay ni un solo enchufe.

Por fortuna, una de las brujas
les echó un cable:
—No os alarméis.
Con mis poderes puedo
hacer que volváis al momento
en que este viaje empezó. Pero…

PERO NUNCA SABRÉIS SI EL VIAJE HA SIDO REAL O UN PRODUCTO DE VUESTRA IMAGINACIÓN.

Y así fue como los tres aparecieron en el sofá de su casa, como si nada hubiera pasado.

«Qué sueño más raro…», pensaron.

Justo en ese momento mamá dijo, desde su despacho:

—¿Algún voluntario para sacar a Trasto de paseo?

PLANETA LOCO

Estás en la Cápsula Dondequieras. ¡Invéntate un planeta disparatado que visitar y dibújalo!

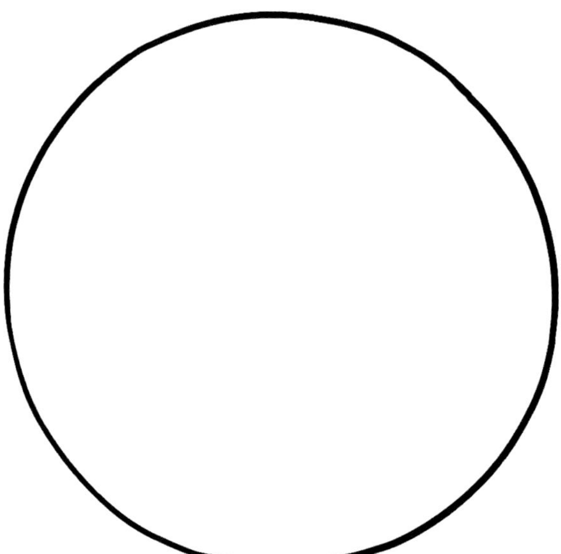

¡AYUDA A TRASTO!

Trasto se ha despistado durante el paseo. ¿Lo ayudas a encontrar a David y a Carolina?